Succession de M. D. Schevitch

OBJETS D'ART

ET

DE CURIOSITÉ

DE LA RENAISSANCE

TABLEAU

CATALOGUE

DES

Objets d'Art et de Curiosité

DE LA RENAISSANCE

ÉMAUX CHAMPLEVÉS ET PEINTS

SCULPTURES, BIJOUX

TABLEAU, par Quentin METZYS

DONT LA VENTE

Par suite du décès de M. D. SCHEVITCH

aura lieu à Paris

HOTEL DROUOT, SALLE N° 2

Le Samedi 13 Avril 1907

à deux heures et demie

COMMISSAIRES-PRISEURS

Mᵉ PAUL CHEVALLIER
10, rue Grange-Batelière

Mᵉ E. BOUDIN
14, rue Grange-Batelière

EXPERTS

Pour les objets d'art :
MM. MANNHEIM
7, rue Saint-Georges

Pour le tableau :
M. JULES FÉRAL
7, rue Saint-Georges

EXPOSITION PUBLIQUE

Le Vendredi 12 Avril 1907, de 1 heure 1/2 à 5 heures 1/2

CONDITIONS DE LA VENTE

Elle sera faite au comptant.

Les adjudicataires paieront *dix pour cent* en sus des enchères.

Paris. — Imp. de l'Art, CH. BERGER et Cie, 41, rue de la Victoire.

DÉSIGNATION

OBJETS VARIÉS

1 — Médaillon en argent niellé. Art italien, xve siècle. Il présente, d'un côté, deux bustes de femmes, et de l'autre, le monogramme du Christ accompagné de divers ornements.

Diam., 4 cent.

2 — Epingle de cravate. Art français, xviiie siècle. Elle est formée d'une sirène à corps d'agate, enrichie de roses et de petites perles. Pointe en or.

Long., 8 cent.

3 — Pendant de cou. Art espagnol, xvie siècle. Il affecte la forme d'un livre en or, sur lequel est couché l'Agneau Pascal, dont le corps est composé d'une perle baroque.

Haut., 33 millim.

4 — Bijou-pendeloque, faïence d'Alcora. Espagne, xviiie siècle. Il présente sur une face une scène de chasse et, sur l'autre, des Amours.

Haut., 4 cent.; larg., 6 cent.

5 — Reliquaire en bois, contenant des fibules en verre, un Christ et une croix en os, de diverses époques.

Haut., 30 cent.; larg., 23 cent.

6 — Boucle de ceinture en bronze ciselé, gravé et doré. Art barbare, vi^e siècle. Elle affecte la forme rectangulaire et est incrustée de verroteries. Sur l'un des côtés sont fixés la boucle et l'ardillon.

Long., 11 cent.; larg., 5 cent.

7 — Statuette en bronze à patine brune : Satyre debout, la tête levée, le bras droit tenant un fragment de corne d'abondance. Italie, xvie siècle.

Haut., 22 cent.

8 — Bas-relief sans fond en ivoire sculpté du xviie siècle, présentant un personnage vu à mi-corps et portant le costume de l'époque.

Haut., 12 cent.

9 — Bas-relief sans fond en ivoire sculpté du xviie siècle, présentant un personnage en buste, en costume de l'époque.

Haut., 10 cent.

10 — Reliquaire en cristal de roche et or émaillé. Italie du nord, Milan (?), fin du xve siècle. Ce reliquaire affecte la forme d'une colonne de cristal à l'intérieur de laquelle se voit une tige entourée d'une banderole. Cette colonne se dresse sur une base ornée d'émaux ; sur cette base est disposée une figurine du Christ, de

corps entièrement émaillé de blanc et de rose
et tacheté de sang. La colonne est surmontée
d'un chapiteau également émaillé. Ecrin en
argent du XVII⁰ siècle.

Haut., 72 millim.

11 — Croix pectorale en cristal de roche et or
émaillé. Espagne, XVIIᵉ siècle. Elle présente les
emblèmes de la Passion; ses extrémités sont
munies d'une monture à fleurettes sur fond
blanc.

Long., 12 cent.

12 — Coffret en cuir repoussé et ciselé. Art français, fin du XIIIᵉ siècle. Il est orné sur le cou-
vercle de quatre groupes de personnages ainsi
que de médaillons et d'écussons. Le pourtour
présente également des personnages. Restes
de monture en cuivre.

Haut., 11 cent.; larg., 25 cent.

13 — Croix processionnelle revêtue de cuivre es-
tampé. Le Christ en ronde bosse est en bronze
avec traces de dorure. Les extrémités de la
croix sont fleuronnées et décorées sur les deux
faces de plaques en cuivre champlevé et émaillé,
présentant la Vierge, Saint Jean, des symboles
d'évangélistes, etc. Espagne, XVᵉ siècle.

Haut., 68 cent.; larg., 42 cent.

SCULPTURES

14 — Groupe de donateurs, en marbre blanc. Art espagnol, 1483. Au-dessus d'une plaque, portant une inscription gothique, sont disposés des personnages dans l'attitude de la prière.

Haut., 38 cent.; larg., 29 cent.

15 — Tête de jeune fille en albâtre. Art français, xve siècle. Elle est coupée à la naissance du cou, les cheveux, divisés sur le front, encadrant les joues. Traces de peinture et dorure.

Haut., 15 cent.

16 — Groupe en terre-cuite peinte : la Pieta, par Alonzo Cano. Espagne, xviie siècle. La Vierge, assise, est vêtue d'une robe violette et porte un long voile bleu; elle contemple le Christ mort étendu à terre et dont elle retient le haut du corps sur le genou droit. Marqué en creux du sigle de l'artiste.

Haut., 40 cent.; larg., 46 cent.

17 — Petit buste, en marbre tendre blanc : Adolescent, la tête complètement tournée vers l'épaule droite : les cheveux et la draperie sont dorés. Espagne, fin du xvie siècle.

Haut., 16 cent.

18 — Chapiteau en pierre sculptée, ancien travail
espagnol. Il est orné, sur chacun des pans, de
bustes de personnages couronnés.

Haut., 26 cent.; larg., 28 cent.

19 — Bas-relief rectangulaire en bois sculpté et
peint, présentant la crèche. Espagne, XVIIᵉ siècle.
Encadré.

Haut., 37 cent.; larg., 27 cent.

20 — Figurine en bois sculpté et peint : l'Enfant
Jésus nu, assis sur un volumen. XVIIᵉ siècle.

Haut., 3 cent.

ÉMAUX, TABLEAU

21 — Croix en cuivre champlevé et émaillé de Limoges, xiii° siècle, à décor de rinceaux : le corps
du Christ étant réservé en cuivre, avec tête en
relief. Elle est fixée sur un pied de flambeau des
mêmes travail et époque.

Haut., 29 cent.

22 — Porte-cierge en cuivre champlevé et émaillé de
Limoges, xiii° siècle, à décor de palmettes et
rosaces ; la tige en cuivre gravé est interrom-
pue par deux nœuds. La plaque de base est
portée par trois petits pieds.

Haut., 31 cent.

23 — Plaque : la Vierge portant l'Enfant Jésus, par
Nardon Pénicaud. Limoges, commencement du
xvi° siècle. Cette plaque affecte la forme d'une
fleur à huit pétales. Elle présente la Vierge,
assise sur un Trône et tenant l'Enfant Jésus.

Haut., 9 cent.; larg., 9 cent.

24 — Plaque rectangulaire, atelier de Pénicaud.
Limoges, xvi° siècle. Elle présente la Mise au
tombeau, composition de nombreux personnages, fond de paysage. Encadrée.

Haut., 21 cent.; larg., 14 cent.

25 — Plaque rectangulaire en émail peint de Limoges, xvi° siècle. La Résurrection, fond de
paysage. Encadrée.

Haut., 17 cent.; larg., 13 cent.

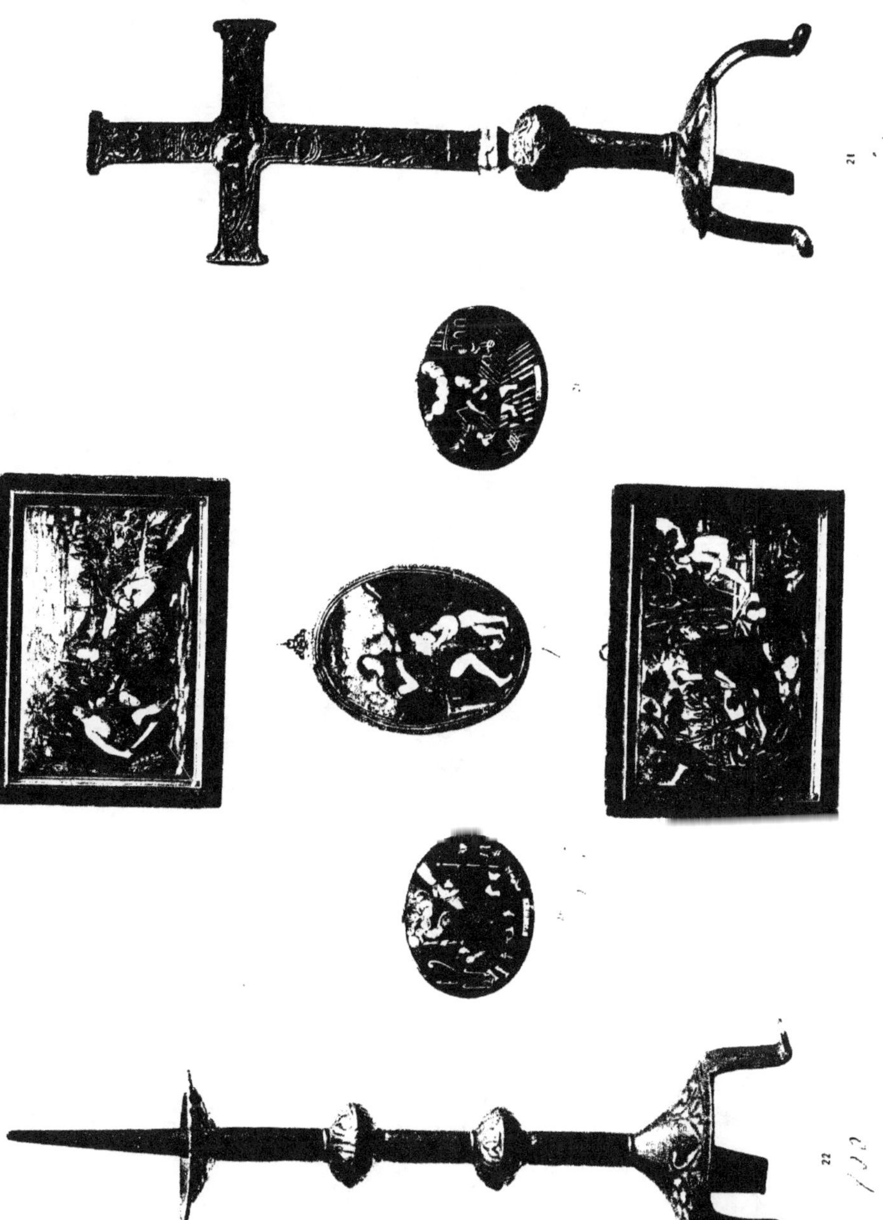
21
22

26 — Deux médaillons ovales en émail peint. Limoges, XVIᵉ siècle. Allégories des mois de janvier et de septembre.

Haut., 7 cent.; larg., 8 cent.

27 — Médaillon ovale en émail peint de Limoges, XVIᵉ siècle. Femme assise accompagnée de deux Amours. Fond de paysage. Revers formant miroir. Cadre en argent doré.

Grand diam., 10 cent.; petit diam., 8 cent.

28 — Deux plaques rectangulaires en émail peint. par François Limousin. Limoges. fin du XVIᵉ siècle : Atalante et Méléagre; Pyrame et Thisbée.

Haut., 9 cent.; larg., 14 cent.

29 — Deux plaques en émail peint de Limoges, fin du XVIᵉ siècle. Compositions allégoriques avec légendes.

Haut., 10 cent.; larg., 15 cent.

30 — Cinq médaillons ronds en émail peint de travail italien du XVIᵉ siècle, à figures de saints personnages et d'anges. Dans un même cadre en cuivre gravé.

Diam. d'un médaill. : XXIII.

31 — Médaillon en émail peint : Portrait du pape Clément IX (1667-1669). Ce portrait, exécuté sur fond d'or, montre ce pape en buste, coiffé d'un bonnet rouge. Monture en or. Au revers, plaque en or émaillé à sujet symbolique avec la devise : *Aliis non sibi Clemens.*

Haut. de l'émail, 3 cent.

METSYS

(QUENTIN)

Louvain 1466-1530.

32 — *La Vierge en adoration*.

Vue à mi-corps, tournée de trois quarts à gauche, les
mains jointes, vêtue d'une robe grise bordée de fourrure,
couverte d'un manteau bleu drapé sur les bras, les cheveux blonds, ondulés et pendant sur le cou, ornés sur le
front, d'un bandeau d'orfèvrerie enrichi de perles, un
voile de gaze posé sur la tête recouvrant les épaules.

Fond de ciel avec nuages aux angles du panneau. Très
beau tableau en parfait état de conservation.

Bois. Haut., 53 cent.; larg., 37 cent.

RED. :

24

140 112 90 70 56 45 50 63 80 100 125 160
MIRE ISO N° 1
NF Z 43-007
AFNOR
Cedex 7 - 92080 PARIS-LA-DÉFENSE
3798970
graphicom
0 1 2 3 4 5 6 7 8 9 10

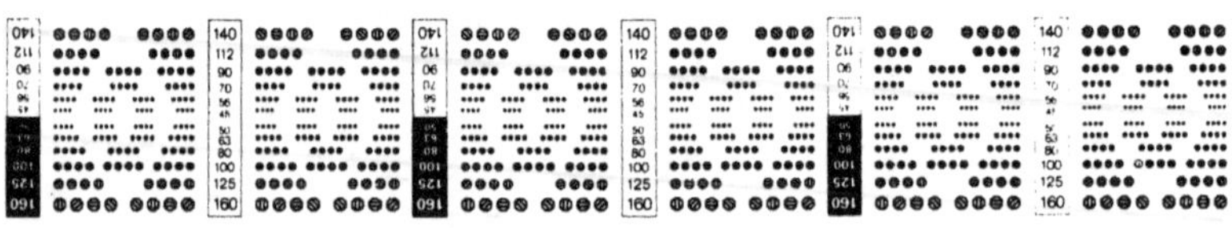